KB242456

봄을 기다리며

삶의 모든 계절을 지나

정세교 시선집

봄을 기다리며

삶의 모든 계절을 지나

봄을 기다리며

삶의 모든 계절을 지나

정세교 시선집

1판 1쇄 발행 2026년 3월 24일
1판 1쇄 펴냄 2026년 3월 31일

저자 정세교

편집 유주은, 정세교 **마케팅・지원** 조아라

펴낸곳 (주)하움출판사 **펴낸이** 문현광

이메일 haum1000@naver.com **홈페이지** haum.kr
블로그 blog.naver.com/haum1000 **인스타그램** @haum1007

ISBN 979-11-7374-377-1(03810)

좋은 책을 만들겠습니다.
하움출판사는 독자 여러분의 의견에 항상 귀 기울이고 있습니다.
파본은 구입처에서 교환해 드립니다.

시와 나

내가 시의 세계를 처음 접한 것은 중학교 때이다. 중학교 국어 교과서에 유명한 시가 소개되었다. 그런 시를 읽으면 마음이 맑아지는 것 같았다. 내 교과서에 나온 시에 만족하지 못하고, 누님이나 형님의 교과서에 나오는 시까지 섭렵하였다. 마음에 드는 몇몇 시들은 암송까지 하였다. 어느 날 국어 시간에 선생님께서 "김소월의 산유화라는 시를 아는 사람?" 하셨다. 나는 손을 번쩍 들었다. 칠판에 내 머릿속에 있던 시 구절을 꺼내 놓았다. 정확하게 썼던 것 같다. 선생님께서 칭찬을 해 주셨다.

고등학교 때 한 친구의 권유로 몇몇 학교 '문학의 밤' 행사에 참석했다. 문학의 밤 행사에서는 그 학교 문예반 학생들이 지은 시를 낭송하고 있었다. 색다른 경험이었다. 내 기억에는 없지만 내 친구는 거기서 박목월 선생님이 '나그네'라는 시를 직접 낭송하셨다는 것을 기억하고 있다. 나는 왜 그 유명한 박목월 선생님을 몰라뵈었을까? 어느 날 또 다른 친구가 자신이 직접 지었다며 습작 시를 여러 편 보여주었다. 그 시를 보고 너무 존경스러워 그 친구 얼굴을 다시 보게 되었다. 시 짓는 것이 별 게 아닌가 보다 하며 나도 시 짓는 시늉을 내 보기도 했다.

당시 내가 좋아했던 시인은 청마 유치환 선생님과 미당 서정주 선생님이었다. 청마 선생님의 '바위', '그리움', '행복' 등의 시를 애송했고, 미당 선생님의 작품으로는 '문둥이', '동천', '화사' 등의 시가 마음에 와 닿았다. 특히 '사향 박하의 뒤안길이다 / 아름다운 배암… / 얼마나 커다란 슬픔으로 태어났기에, / 저리도 징그러운 몸뚱아리냐. / 꽃대님 같다. …' 이렇게 시작하는 '화사'는 미당 선생님이 고등학생 때 지은 시라고 들은 것 같다. 그래서 시인이라는 분들은 별 나라의 사람들인 줄 알았다.

대학교 때 시간 나는 대로 시를 지었지만 나중에 읽어 보곤 대부분 쓰레기통으로 직행했다. 지금까지 살아남은 것은 단 한 수에 불과하다. 대학교를 졸업하고 생활인이 되면서부터 나의 일상은 시의 세계와 점점 멀어져 갔다. 나와 가족을 위해 앞만 보고 달려왔다. 나이 40을 넘으면서부터 시간적 여유가 조금씩 생겼다. 그러나 마음은 왠지 허전했다. 가슴 속에 무언가 꿈틀거리는 게 있었다.

어느 날 문득 시를 짓고 싶어졌다. 오랫동안 잊고 살았던 시의 세계가 그리워졌다. 그 옛날 반짝이는 한 줄 시 구절을 생각해 내곤 뿌듯해했던 감정이 떠올랐다. 그걸 찾아내기 위하여 끙끙대던 그 시절이 그리워졌다. 그로부터 한 줄, 한 줄 시를 짓기 시작했다. 아무 배경지식 없이 100% 독학이었다. 시작법에 관한 책 한 권 제대로 읽은 적 없다. 그저 내 마음에 떠오르는 대로 시 구절을 짜맞춰 나갔다. 내가 보기에는 그런대로 내 마음을 잘 표현한 것 같았다.

시어란 상징과 은유를 많이 포함하고 있어야 한다고 들었다. 그러나 나의 시는 그런 것 많지 않다. 대부분 직설적 표현들로 이루어져 있다. 그나마 약간의 운율을 가지고 있어 시처럼 보이기는 한다. 그동안 내가 지은 시를 몇몇 인터넷 문학 카페에 올렸더니 평이 나쁘지 않았다. 이에 용기를 얻어 남에게 보일만 하다고 생각되는 작품을 골라 공모전에 응모했다. 그러나 나의 시에 대해서는 아무런 언급조차 없었다. '나의 시는 한참 멀었구나' 하는 생각을 가졌다.

내가 시를 짓는 것은 돈을 바라고 하는 일이 아니다. 명예를 얻기 위한 것도 아니다. 순간적으로 좋은 시 구절 하나가 떠오르면 그를 토대로 나의 감정을 가다듬는다. 그리고 주제를 잡는다. 그리고 거기에 맞춰 얼개를 짜기 시작한다. 얼개를 짜면 살을 붙인다. 이 과정은 나의 감정의 굴곡에 따라 진행 속도가 다르다. 어떤 시는 단 1시간 만에 골격이 짜인 것이 있다. 이번 시집의 대표작 '봄을 기다리며'가 그렇다. 또 어떤 것은 반쯤 쓰다 만 채 나의 메모장에서 잠자고 있는 것도 있다. 언제 완성될지 장담할 수 없다.

나는 시를 짓는 동안 상상의 나래를 펴는 것이 좋다. 그 시간에 나의 감정이 순화되곤 한다. 나는 나의 시가 전문가의 눈에 뜨이지 않더라도, 인정해 주지 않을지라도 작업을 멈추지 않을 것이다. 나의 시도 훌륭한 시라고 생각하기 때문이다. 많은 사람에게 감동을 주지는 못할지라도 단 한 사람 나의 시를 읽고 공감해 주는 사람만 있다면 나는 만족할 것이다. 시는 아름다운 것이니까…

요즈음은 예전처럼 시상이 잘 떠오르지 않는다. 세상이 혼란스럽기 때문일지 모른다. 아니면 나의 감정이 메말랐기 때문인지도 모른다. 그러나 어느 날 한 줄의 번뜩이는 시구절이 생각나면 다시 그 길을 걸을 것이다.

2026년 3월

풀무골 둔거에서

차
례

제2부 인생에 대한 고찰

제3부 계절의 뒤바뀜 속에서

제4부 꽃을 위한 헌사

제5부 여행지에서

부록

애절한 사랑의 소묘

봄날은 간다

자하산 언덕 모롱이 모롱이
아지랑이 흐늘거리고
멀리서 뻐꾸기 소리 가물거리는 오후

그래, 누이여
너는 지금 무엇을 생각하고 있는지

청자빛 하늘이
흘러가는 구름 사이로 눈부시고
나
청운사 암자 뒤를 돌아흐르는
물가에 앉아 편지를 쓴다

젊음은 이래서 좋은 것인가
만나니 반갑고, 즐겁고
헤어지니 외롭고, 슬프고

목 긴 사슴의 슬픈 전설이
생각나는 저녁 어스름

♡♡♡♡♡♡♡♡♡♡♡♡♡♡♡♡♡♡♡♡♡♡♡♡♡♡♡♡

너의 커다란 눈은 호수가 되고
나의 마음은
연꽃 만나러 가는 바람처럼
그곳을 향해 서둘러 간다

누이여, 슬픈 이야기는 말아다오
너의 향그런 관은 잊을지라도
너의 맑고 고운 두 눈은
언제나 내 가슴속에 남아 있을 것이니

아아, 봄날은 간다
나의 청춘도 덧없이 흘러가는구나

첫사랑

내 마음속 우리 님의 고운 모습은
언제나, 언제까지나 열여섯 소녀

이마에 한 줄, 두 줄 세월이 흐르고
머리엔 희끗희끗 서리가 내렸어도
내 마음속 우리 님의 고운 모습은
언제나, 언제까지나 수줍은 소녀

아지랑이 춤을 추던 어느 봄날에
내 눈을 스쳐 간 소녀가 있었다네

그 찰나의 황홀이여
그 순간이 내겐 영원이 되었고
그로부터 나의 시간은 멈추었지
그날 이후 나의 가슴은 뛰기 시작했었다네

이제 와 돌이켜보면
그것은 하늘이 내게 내린 축복이었다

소녀는 멀지 않은 곳에 있었지
향기로운 꽃을 찾는 벌·나비처럼
태양을 향해 고개 돌리는 해바라기처럼
내 마음은 언제나 소녀를 향해 있었다네

♡♡♡♡♡♡♡♡♡♡♡♡♡♡♡♡♡♡♡♡♡♡♡♡♡♡♡♡

우리의 인연은
거기까지였었나

한 걸음 다가가
내 마음 전했더라면
그토록 기다리던 대답
들을 수 있었을 텐데

그 순간은 끝내 오지 않았고
소녀는 기약 없이 떠나버렸다네

무심한 하늘이시여
참 비정한 하늘이시여
나의 눈은 인파 속을 헤맸으나
소녀의 흔적은 끝내 찾지 못했다네

그로부터 소녀의 향기는 옅어져 가고
바람결에 들리는 건 그녀의 웃음소리뿐

하루하루 기억은 사위어가고
하루하루 추억은 새로워지고
문득 문득 떠오르는 소녀의 영상
그것은 젊은 날의 소중한 훈장이었지

♡♡♡♡♡♡♡♡♡♡♡♡♡♡♡♡♡♡♡♡♡♡♡♡♡♡♡♡♡

내 마음속 우리 님의 고운 모습은
언제나, 언제까지나 열여섯 소녀

이마에 한 줄, 두 줄 세월이 흐르고
머리엔 희끗희끗 서리가 내렸어도
내 마음속 우리 님의 고운 모습은
언제나, 언제까지나 수줍은 소녀

꿈속의 사랑

미나리아재비 꽃 활짝 피어 있는 꽃길
메타세쿼이아 나무 줄지어 서 있는 그 길로
당신과 나 한참 걸었지

새끼손가락 걸며 우리는
찬란한 미래를 약속했었지

당신은 손에 익은 지팡이 같았어
내 지친 몸과 마음을 의지할 수 있는

지금 난 그 길을 다시 걷고 있지만
우리를 반겨 주던 미나리아재비 노란 꽃도
메타세쿼이아 파란 잎도 모두 사라지고

그 자리엔 메마른 바람만 지나가네
찬바람은 뺨을 두드리고
두 눈에 흐르는 눈물

아직도 네게
미련이 남았던가

낮안개

낮안개
하얀 안개는 연기처럼 피어올라
내 마음 우울하게 만드네

그림자
검은 그림자는 하얀 안개에 갇혀
밖으로 나올 줄 모르네

사연
내 가슴속 슬픈 사연은
진한 눈물 한 줄기로 흘러내리네

아쉬움
는개 내리던 날 그대는 떠나가고
아쉬움은 아직까지 남아 안개가 되었나

그대는 아시는가

아시는가

서산머리 저 태양은
밤새 길을 재촉해야만
동녘 언덕 너머 빼꼼히
고개 내밀 수 있다는 것을

파릇파릇 돋아나는 새싹은
지난 겨울 꽁꽁 언 땅 밑에서
따사로운 햇살을 기다렸음이야

그대는 모르시는가
그대 눈에 보이지 않더라도
나의 영혼은 항상
당신 주위를 맴돌고 있다는 것을

오늘도 그대는 누구를 찾으시는지
나의 뜨거운 가슴은 활활 타고 있는데

그 쓸쓸한 사랑

사랑
언젠가, 누구에게나 오게 마련이다

아직 오지 않은 사랑을
기다리는 마음은 쓸쓸하다
외로움을 느낀다

우산 하나에 어깨를 붙인 채
걸어가는 연인들을 따라가노라면
쓸쓸함이 용솟움친다

사랑하는 사람이 있다 하더라도
집에 바래다주고 돌아설 때면
쓸쓸함이 발길에 채인다

내일 또다시
얼굴 마주할지라도
기다리는 시간은 더디 가는 법이다

어떤 사랑은 특히
쓸쓸함이 가슴을 콕콕 찌른다

♡♡♡♡♡♡♡♡♡♡♡♡♡♡♡♡♡♡♡♡♡♡♡♡♡♡♡♡

이미 떠나버린 사랑은
은행에서 번호표를 뽑고 기다린다고
돌아오지 않는다

그 사랑을 기다리는 마음은
지켜보는 사람조차 안타깝게 만든다
돌아서야만 하는 사랑은 무척 쓸쓸하다

사랑이 물건이라면
뒤집어 보여줄 수도
낡았다면 새 걸로 바꿀 수도 있을 텐데

이루어지지 못한 사랑은
더욱 쓸쓸한 법이다

이별

달도 잠든 밤하늘 외로이 떠 있는 별 하나
무슨 까닭이기에 그토록 반짝이나요

아무도 없는 들판에 외로이 서 있는 당신
무슨 까닭이기에 그토록 슬피 우나요

당신, 그대는 누구신가요
순진한 내 마음 송두리 빼앗아놓고

이제 와서 하는 말
나의 행복 때문이라뇨
이별이 그리 쉽다면 시작도 하지 않았을 것을

아무도 없는 들판에 외로이 서 있는 당신
무슨 까닭이기에 그토록 슬피 우나요

연지

연지 연지 바람 부는 언덕에
연지 연지 서 있는 당신은
연지 연지 바람이 차잖아
연지 연지 어서 내게 돌아와

당신의 모습이 들꽃처럼 예뻐서
정신없이 보다가 잠이 들고 말았네
꿈속에서 당신은 선녀처럼 내려와
나와 같이 놀다가 잠이 들고 말았네

연지 연지 바람 부는 언덕에
연지 연지 서 있는 당신은
연지 연지 바람이 차잖아
연지 연지 어서 내게 돌아와

오늘도 당신 때문에

오늘도 당신 때문에
방금 온 전동차를 그냥 보냈습니다

또각. 또각. 또각.
당신이 걸어오는 소리
그 소리가 멈추면 나는
마치 우연인 양 다가가 당신 뒤에 섭니다

고개를 돌릴 때마다 풍겨 나오는 라일락 향기
나는 꿈을 꾸듯 당신의 향기에 취합니다
당신은 여전히 베이지색 가방을 들고 있군요
속에는 예쁜 손수건이 들어 있겠죠

손수건 옆에는 자그마한 수첩
수첩 속에 내 이름이 적혀 있으면 얼마나 좋을까

전동차를 타면 당신은
하나 남은 빈자리에 앉고
나는 마치 일행처럼 당신 앞에 섭니다

당신은 부드러운 손길로
내 가방을 받아 무릎 위에 올려놓고
나는 속삭이듯 "고마워요" 합니다

♡♡♡♡♡♡♡♡♡♡♡♡♡♡♡♡♡♡♡♡♡♡♡♡♡♡♡♡

우리 사이 그런 일은 언제쯤 일어날까요
당신에게 고맙다는 말은 언제쯤 할 수 있을까요

어느새 전동차가 들어오고 있군요
아아, 오늘 당신은 무슨 일이 있으신가요
이번 전동차는 꼭 타야만 하는데

중년의 사랑

인생의 가을에도 다시 봄이 올 수 있을까

그동안 나만 바라보며 살아온 나의 아내
이제는 나의 품을 떠나려는 나의 아이들
제동장치도 없이 앞만 보고 달려온 인생
나의 임무는 서서히 끝나 가고 있는가
실타래처럼 엉켰던 인생을 정리할 시점인가

'국화꽃 향기'와 같은 사랑
'가시고기'와 같은 사랑

나는 왜 이런 절절한 사랑을 할 수 없었을까
남들이 손가락질하는 입맞춤 사랑이 아니라
온 마음을 주고받는 플라토닉 러브
젊은 시절 꿈꾸었던 것
그런 것이 아니었던가

내 눈앞을 스쳐간 수많은 사람들
나의 손을 냉정히 뿌리치고 돌아선 사람들
나의 냉정함에 눈물 흘리며 떠나간 사람들
모두들 어떻게 살아가고 있을까

♡♡♡♡♡♡♡♡♡♡♡♡♡♡♡♡♡♡♡♡♡♡♡♡♡♡♡♡

사랑은 젊음의 전유물이 아니다
지나가는 여성의 머리카락에서 풍겨오는
진한 라일락 향기에 문득 고개 돌리는 것은
내게도 사랑이 남아 있다는 증거이리라

늙는다는 것이 사랑을 잃는 것은 아니다

중년의 사랑은 불꽃같이 타오르다
순식간에 꺼져버리는 그런 사랑이 아니리라
중년의 가슴에도 사랑의 불씨가 남아 있기에
언젠가는 피어날 꽃망울처럼
기다리는 마음으로 살아갈 수 있으리라

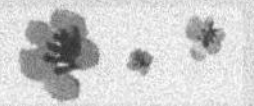

인생에 대한 고찰

인생

오늘도 어제처럼 하루가 지나갔습니다
내일도 오늘같은 하루 해를 보내겠지요

하루하루 똑같은 일상 같지만
어느 날 거센 비바람이 몰려오고
다음날은 잔잔한 호수가 되기도 합니다

하루하루 모여 세월이 되고
세월 속에 희노애락이 섞여 있고
희노애락 속에 인생은 흘러가지요

내 뜻과 상관없이 하루가 시작되고
하루하루 정신없이 살다 보면
어느 순간 인생이 끝난답니다

인생길이 끝나는 순간
활짝 웃을 수 있었으면 좋겠습니다

소중한 것

소중한 것은
가까이 있는 법이다
언제라도 손을 뻗으면 잡을 수 있는

하지만
너무 가까이 있어서
소중함을 몰랐던 어리석은 마음

너는 늘 내 곁에 머물러 있었지
하지만 달빛처럼 은은해
오랫동안 잊고 살았다

얼마나 아팠을까 너의 마음은
얼마나 슬프게 했을까 나의 무관심이
네 마음은 서서히 스러져갔고
더 이상 내게 나타나지 않았다

사라지는 것은
결국 잊혀지는 법이다
나는 소중한 것을 잃고 말았다

아침 오는 소리

사박
사박
사박

저
혹시
들으셨나요

사박
사박
사박

쉿, 들리시나요
사박
사박 사박

하얀 새벽 안개
풀잎 끝에 맺혀
영롱한 이슬로 태어나고

동녘 하늘 붉게 물들어가고
산그림자 점차 사라져가고
이슬 속에 세상이 나타나고

♡♡♡♡♡♡♡♡♡♡♡♡♡♡♡♡♡♡♡♡♡♡♡♡♡♡♡♡

살아 있는 것들 움직임이 시작되니
아침은 발자국 소리를 남기며 다가온다
사박 사박 사박

참 좋은 것들

참 고운 꽃
참 푸른 하늘
참 맑은 공기
참 파란 나뭇잎
참 시원한 바람

똑. 똑. 똑.
방울방울 떨어지는 약숫물

참 좋은 날
참 좋은 소식
참 좋은 세상

재잘, 재잘, 재잘
등굣길의 아이들

참 좋은 친구
참 좋은 이웃
참 좋은 사람들

하하, 허허, 호호
참 유쾌한 웃음

♡♡♡♡♡♡♡♡♡♡♡♡♡♡♡♡♡♡♡♡♡♡♡♡♡♡♡♡

참 좋은 마음으로
이 세상이 가득 찼으면
참 좋겠습니다

자화상

언젠가 큰 거울 앞에 서서
한참동안 거울을 들여다본 적이 있다
물끄러미

그래, 저게 나란 말이지
저게 나였단 말이지
하. 하. 하.

저 모습은 내 모습이 아니다
내가 상상하고 있던 내 모습이 아니다
그러므로 나는 내가 아니었다

아무튼 저게 나니까
나의 모습이라니까
다시 한번 보아야겠다

그래 저 모습으로
저 잘난 모습으로
번잡한 거리를 활보하고

세상 무서운 줄 모르고
아무에게나 대들고
제 잘난 듯이 짓까불고 다녔단 말이지

♡♡♡♡♡♡♡♡♡♡♡♡♡♡♡♡♡♡♡♡♡♡♡♡♡♡♡♡

얼굴이 화끈거린다
뒤통수를 한 대 얻어맞은 양 골이 띵하다
거울 속의 나, 오만상을 찌푸린다

까맣게 잊고 살았던 나의 모습
보이고 싶지 않은 나의 모습
자랑할 것 없는 나의 모습

거울 속의 나
나의 자화상이 거기 있다

운명 같은 사람

살다 보면
스쳐 지나가는 사람 중에
뒤를 돌아보게 되는 사람이 있습니다

살다 보면
얼굴 마주치는 사람 중에
내 마음을 끌어당기는 사람이 있습니다

살다 보면
이야기를 나누는 사람 중에
나의 속마음까지 보여주고 싶은 사람이 있습니다

나의 지나온 일들을 이야기해 주지 않았지만
나의 나아갈 길을 이야기해 주지도 않았지만
나의 일상을 알고 있을 것만 같은 사람

그 사람의 지나온 일들을 듣지 못했지만
그 사람의 나아갈 길을 듣지도 못했지만
그 사람의 생각을 알 것만 같은 사람

그 사람과 많은 이야기들을 나누지 못했지만
그 사람과 오랜 시간 함께 하지도 못했지만
서로의 모든 것을 이해할 것만 같은 사람

♡♡♡♡♡♡♡♡♡♡♡♡♡♡♡♡♡♡♡♡♡♡♡♡♡♡♡♡

거친 세상살이, 지친 발걸음, 타는 목마름
감춰진 아픔과 숨겨진 절망, 속으로 삼킨 눈물
반가운 만남, 소박한 즐거움, 터져 나오는 웃음
구름 사이로 비치는 햇살, 고생 끝에 얻어진 희열

인생사 모든 희노애락을
아무 조건 없이 나눌 수 있는
운명과도 같은 사람이 아닌가 싶습니다

아아, 그런 사람이 있다면
그 사람과 함께 할 수 있다면
기꺼이 나의 운명을 맡기겠습니다

나의 그림자

나의 그림자가 바삐 걸어가고 있다
어디로 가는 것일까
나의 실제 키보다 작아진 것 같다

내 삶의 무게를
감당하기 힘들었기 때문일까
나의 그림자를 보면 슬퍼진다

나의 그림자는 여태껏
나를 떠나서는 어디에도 간 적이 없다
불쌍한 나의 그림자

나의 그림자는
혼자서는 아무 곳에도 가지 못한다
이제라도 사과를 하고 싶다

나를 따라다니느라 고생시킨 것
미안하다고, 그동안 수고했노라고
늦었지만 휴가를 주고 싶다

나의 그림자에게
푹 쉬었다 오라고 하고 싶다
그동안 나는 일기를 쓰고 싶다

♡♡♡♡♡♡♡♡♡♡♡♡♡♡♡♡♡♡♡♡♡♡♡♡♡♡♡♡

나의 그림자가 모르는
나만의 비밀 일기를 쓰고 싶다
그동안 고마웠다고

그렇게 쓰고 싶다
그게 내 마음이라고
더할 것도 뺄 것도 없는 내 마음

밤비

이 밤에 내리는 비는
무엇을 그리워하며
흘리는 눈물인가
잊혀진 추억들을
기억해 내기 위하여
흘리는 눈물인가

이 밤에 내리는 비는
무엇을 아쉬워하며
흘리는 눈물인가
지나가는 기차 소리와 함께
못내 헤어짐이 안타까워
흘리는 눈물인가

이 밤에 내리는 비는
무엇을 서러워하며
흘리는 눈물인가
불어오는 바람 따라 굴러가는
낙엽 같은 신세가 하도 처량하여
흘리는 눈물인가

♡♡♡♡♡♡♡♡♡♡♡♡♡♡♡♡♡♡♡♡♡♡♡♡♡♡♡♡

이 밤에 내리는 비는
내 마음을 어루만지는 눈물이다

까만 어둠이 사라지면
하얀 새벽이 밀려오듯이
오늘이 어제와 같고
내일이 오늘과 다를 바 없는
인생의 막장에서

얼굴에 씌워진
세월의 검댕을 닦아내라고
하늘이 주시는 선물일 뿐이다

바다

철썩
철~썩
처얼~썩

파도는 쉼이 없네
파도는 거침이 없네
파도는 머무름이 없네

파도는 성격이 급하기도 하지

바다는 파도를 감싸안는다
바다는 성난 파도를 다독여 준다
바다는 거친 파도를 나무라지 않는다

바다는 온갖 투정 다 받아주는 어머니 마음

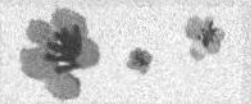

계절의 뒤바뀜 속에서

봄을 기다리며

무료한 일요일 오후
자리에서 일어나
산책길에 나선다

매번 다니던 길
칙칙함이 물러나고
푸르름이 기지개를 켠다

꽃나무가 속삭인다
조금만 기다리라고
먼 길 떠났던 봄이 돌아온다고

인생
나이 칠십
회춘을 꿈꾼다

슬픈 계절

좋은 시절이다
예년 같았으면

겨우내 쌓였던 먼지
창문 밖으로 훌훌 날려버리고
새로운 계절을 맞이하고 있었을 것을

슬픈 계절이다
춘래불사춘이라
꽃은 피었지만 봄은 오지 않았다

썰렁한 거리
간간이 지나치는 사람들마저
제 얼굴 보여주기 싫다는 듯 얼굴 가리고 있고

들리는 건 온통 우울한 소식들
내일을 내다볼 수 없는 두려움에
사람들 눈엔 근심이 가득하다

2020년 3월
봄은 우리 곁에 다가왔지만
어느 틈에 사라져 버린 것 같다

꽃샘추위

워매 추운 거
동장군이 다시 돌아왔나
워매 추운 거

워매 추운 거
정월 보름 한참 지났는데
워매 추운 거

워매 추운 거
봄처녀가 돌아가겠네
워매 추운 거

워매 추운 거
꽃망울이 다시 닫히겠네
워매 추운 거

워매 추운 거
워매 추운 거
워매 워매 추운 거

봄

꿈틀
꿈틀꿈틀
꿈틀

부시럭
부시럭부시럭
부시럭

두리번
두리번두리번
두리번

보인다
보인다 보여
여기가 어디지

아하
세상이구나
세상이 보이는구나

봄
봄이 왔구나
이제 일어나야겠다

여름을 보내면서

오늘은 매일 오던 뜨거운 바람
잠시 쉬려나 봐요
싫다는 사람 계속 찾는 것도
그렇잖아요

얼마 안 있어 떠날 여름
우리 이젠
살살 달래가며 보내버리죠

자기 혼자 아무리 발버둥 쳐도
장강의 도도한 물결은
거스를 수 없잖아요

괜히 섭섭한 마음 가지게 했다가
완전 토라져
내년엔 안 온다고 하면 큰일이잖아요

얼마 안 있어 떠날 여름
살살 달래가며
보내버리죠

가을 풍경

하늘은 푸르고
햇살은 따갑다

코스모스는 하늘거리고
잠자리는 쉴 곳을 찾는다

드넓은 하늘가 새하얀 구름 한 점
도통 움직일 줄 모른다

얼마나 먼 길을 날아왔기에
저리도 곤한 잠에 빠져들었나
피곤한 나그네 같다

가을은
먼 하늘로부터 오는가 보다

바람이 붑니다

바람이 붑니다
노오란 은행잎이 바람결에 춤을 춥니다

바람이 붑니다
흔들리던 은행잎이 우수수 떨어집니다

바람이 붑니다
떨어진 은행잎이 우르르 몰려갑니다

바람이 붑니다
몰려간 은행잎이 비단 이불을 펼칩니다

황금빛 비단 이불에 누워
나는 꿈을 꿉니다

바람이 붑니다
당신의 머리카락이 이리저리 흔들립니다

누구십니까
커다란 눈망울 가득 고인 수심 누구십니까

♡♡♡♡♡♡♡♡♡♡♡♡♡♡♡♡♡♡♡♡♡♡♡♡♡♡♡♡

왜 이리도
나의 마음은 흔들릴까요

누구십니까
나의 마음 흔들고 가는 당신은 누구십니까

흔들리는 마음
빈 은행나무 가지에 매달아 놓습니다

바람이 붑니다
내 시린 가슴에 칼바람이 스쳐 지나갑니다

바람이 붑니다
내 가난한 영혼 당신에게 날려 보냅니다

계절의 뒤바뀜 속에서

이제는 다 지난 이야기야
아무것도 달라지는 것은 없어
지금부터 다시 시작이야

하지만 눈물이 나려고 해
어제 내린 눈물 마를 새 없이
내일은 또다시 찾아오지만

가는 것은 가고
오는 것은 오고
나는 그대로 서 있는데

봄바람은 여름바람이 되고
여름바람은 가을바람이
가을바람은 겨울이

나는 그대로 서 있는데
가고 오는 것
오고 가는 것

봄바람은 겨울로 가고
여름바람은 봄으로
가을바람은 여름

♡♡♡♡♡♡♡♡♡♡♡♡♡♡♡♡♡♡♡♡♡♡♡♡♡♡♡♡

또다시 찾아오는
잊지 않고 찾아오는
아무리 뿌리쳐도 찾아오는

계절
설레임
안타까움

묵은해를 보내며

추운 겨울에 봄을 기다린다
따사로운 햇살에 색색깔의 꽃이 피어난다
향기로운 꽃내음에 벌·나비가 모여든다
눈 깜박할 사이에 봄날이 흘러간다

꽁꽁 얼어붙은 겨울에 여름을 생각한다
뜨거운 열기로 가득 찬 땅과 하늘
쏟아지는 소나기 한 줄기로 갈증을 푼다
여름은 황소걸음처럼 느릿느릿 지나간다

하이얀 겨울에 가을을 추억한다
황금빛 들녘은 이젠 텅 빈 운동장
빨갛고 노란 가을이 떠나간다
겨울 철새들이 들판에 모여든다

꼬부랑꼬부랑 산비탈 언덕길
파스락파스락 낙엽 밟히는 소리
묵은해가 지나가는 소리인가
새해가 다가오는 소리인가

겨울밤

지나가는 바람 소리마저 매서운 겨울밤
달빛마저 꽁꽁 얼어붙은 것 같고
제 집 아랫목에 웅크린 사람들 나오질 않네

텅 빈 들판에 홀로 서 있는
억새 한 줄기
지나가는 바람은 마구 흔들어 대고

저절로 터져 나오는 가녀린 목소리
아이 추워, 아이 추워
나도 따뜻한 아랫목으로 보내줘

그 소리 들어주는 사람 아무도 없었다네
외로운 억새 더 이상 버티지 못하고
스르르 몸을 눕혔다네

깊은 잠에 빠져든 억새
꿈속에서 나비를 보았다네
아아, 다시 태어난다면 나는 나비가 될 거야

해오라비난초

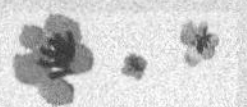

꽃을 위한 헌사

매화

겨울이 저만치 물러나고 있다

매화꽃이 피었다
소식이 왔다
봄이 왔다

봄은
매화꽃 소식과
함께 왔다

매화꽃 송이송이
얼마나 세상 구경 하고 싶었으면
쌓인 눈
녹기도 전에
꽃봉오리 열었는가

매화꽃 향기 아래서
시가 흘러나오고
사랑이 움트고
회춘을 한다

봄이 왔다
매화꽃이 피었다

꽃은 예쁘다

꽃은 예쁘다
누가 뭐래도 꽃은 예쁘다

굳이 뽐내려 하지 않아도
꽃은 예쁘다

온갖 미사여구 늘어놓지 않아도
꽃은 예쁘다

다만 그 예쁜 것
영원하지 않음이 안타까울 뿐이다

목련

연노랑 산수유
샛노란 개나리
진분홍 진달래

앞다투어 피어날 때
느긋하게 기다리다가

그렇게 느지막이
백옥같이 고운 얼굴
살그머니 내밀었네

하얀 학이 웅크리고 앉았나
큼지막한 꽃봉오리
금방 날아오르려나
하얀 날개 펼친 모습

하얀 꽃 그늘 아래서
그녀에게 편지를 써야지
너의 향기와 나의 마음을
함께 보내야지

♡♡♡♡♡♡♡♡♡♡♡♡♡♡♡♡♡♡♡♡♡♡♡♡♡♡♡♡

하얀 꽃 이울 무렵 답장이 오겠지
그녀의 마음이 담긴

하얀 나비 너울너울 춤을 추며
너의 품에 안긴다

분꽃 1

새빨간 나팔이 떨어져 나간 곳에
염소똥 하나가 올라앉았네

붐빠붐빠 나팔 소리 어디로 가고
아기 염소 부르는 애달픈 소리

들리는 듯 들리는 듯
들리는 듯 하네

선홍색 나팔이 떨어진 곳에
가지런히 놓여 있는 염소똥 하나
가지런히 놓여 있는 염소똥 하나

● 어릴 적 우리 집에 작은 꽃밭이 있었다. 어느 날 꽃밭에서 나팔처럼 생긴 꽃을 발견한 나는 엄마에게 이게 나팔꽃이냐고 여쭤보았다. 엄마는 웃으시며 "이 꽃은 나팔꽃이 아니라 분꽃이란다." 하셨다. 나는 "이것도 나팔처럼 생겼는데, 작은 나팔꽃이라 부르면 안 될까?"라고 되물었다. "네 마음대로 불러도 되지만, 다른 사람에게는 분꽃이라고 말해야 된단다." 하셨다. 그리고는 꽃잎이 떨어져 나간 곳에 자리잡은 검정색 씨앗을 가리키면서, "염소똥도 이런 모양으로 생겼지. 나중에 시골 가면 보여줄게." 하셨다. 그로부터 나는 분꽃을 보면 나팔과 염소똥을 함께 떠올리곤 했다.

분꽃 2

노을빛이 곱게 물든 정원 한 켠에
고왔던 분꽃이 시들어 가네

한여름 따가운 햇살 속에서
바람결에 들려오는 가을의 소리

들리는 듯 들리는 듯
들리는 듯 하네

하얀 달빛 살포시 내려앉은 곳에
소리없이 잠이 든 새색시 모습
소리없이 잠이 든 새색시 같네

들국화

노오란 들국화가
고개 숙이고 있다

핼쓱한 얼굴
축 쳐진 잎사귀
이젠 땅속 뿌리와
이별할 시간인가 보다

가을의 향기를
푸른 하늘에 날려 보내고
한겨울 추위를
준비하나 보다

꽃은 떨굴지언정
이파리는 얼어 죽을지언정
가느다란 뿌리라도 살아남아
내년을 기약해야 한다

떼를 지어 날아오는
겨울 철새들

♡♡♡♡♡♡♡♡♡♡♡♡♡♡♡♡♡♡♡♡♡♡♡♡♡♡♡♡

들국화 꽃잎에
눈물 한 방울
떨어뜨리고 간다

가을이 먼 길 떠나나 보다

코스모스

길섶에 자리잡은 코스모스
늦여름 따가운 햇살 아래
파란 가을 하늘을 맞이한다

살살한 코스모스
하늘하늘 바람에
살랑살랑 춤을 춘다

살사리꽃 코스모스
제일 처음 만들어져
가냘픈 모습
가련한 여인의 숙명처럼
여리고 고운 모습

소녀의 붉은 마음을 알아주는 꽃
혼자만 고고한 척 하지 않는 꽃
혼자서는 살 수 없다며
여럿이 몸을 부딪고 살아가는 꽃

코스모스 하나, 잠자리 둘
하늘하늘 자리다툼 속에
가을이 깊어만 간다

낙화

꽃이 지네
한 잎, 또 한 잎
그렇게 세월이 가네

봄동산을 아름답게 수놓았던
개나리, 진달래, 목련, 벚꽃
그리고 이름 모를 꽃들

간밤에 몰아닥친 비바람 속에
한 잎, 두 잎 떨어져
뒹굴고 있네

그렇게 아름답던 꽃잎은 떨어진다네
그렇게 아름답던 세월은 지나간다네
그렇게도 세월은 무심히 흘러간다네

그러나 서러워 말아라
이제 곧 계절은 바뀌고
또 다른 계절의 주인공들이 등장할지니

지나간 봄날의 아름다웠던 추억은
기억 속에서 차츰 잊혀져 가겠지만
길고 긴 기다림 끝에 또다시 피어나리라

여행지에서

산봉우리 걸터앉아

푸른 산이 저기 있어
꽃 내음, 풀 내음
새 소리, 바람 소리
어서 오라 손짓하네

푸른 산에 겨우 올라
높은 산을 찾아보니
높은 산은 모두
사라지고 없네

산봉우리 걸터앉아
높은 산을 불러 보니
높은 산은 대답없고
메아리만 돌아 오네

북한강을 바라보며

그곳에 북한강이 있었다
그곳에 젊음이 있었다
그곳에 낭만이 있었다
그곳에 내가 있었다

지금은
어디로 갔는가
텅 빈 머릿속에
식어 버린 가슴에

흘러간 강물처럼
돌아올 수 없는 것인가
나의 젊음은
나의 사랑은

가을 산을 오르며

저 멀리 안개 너머
울긋불긋 산봉우리
가도 가도 끝이 없네

어서 오라는 듯
새소리, 바람 소리
꽃 내음, 나무 내음

속 비치는 계곡물에
가던 길 멈추면
유유히 흘러가는 핏빛 단풍잎

손을 씻는 맑은 물엔
저 얼굴이 누구던가
내 얼굴이 빙긋 웃네

낙엽 길 사라지니
지척이 어디던가
안개 자욱한 산길

돌 틈 사이 방울방울
약숫물로 목 축이니
없던 힘 솟아나네

♡♡♡♡♡♡♡♡♡♡♡♡♡♡♡♡♡♡♡♡♡♡♡♡♡♡♡♡

지팡이 불끈 쥐니
스쳐가는 바람은
얼마 남지 않았다고

가던 길 재촉하니
숨은 헐떡헐떡
땀방울은 봉긋봉긋

숨 한번 크게 쉬니
하늘이 환해지고
꼭대기가 바로 저기

평평한 돌 걸터앉아
사방 천지 내려다보니
예 오르길 잘했구나

가을 찻집에서

가파른 산길 오르고 올라 찾아든 찻집
서양식 벽난로에 따사로운 불길 타오르니
훈훈한 온기가 내 몸을 녹여 주네

따끈따끈 찻잔에서 쟈스민 향기 피어오르고
도란도란 오고 가는 다정한 이야기
시골집 외할머니로부터 옛날얘기 듣는 듯

산그림자 소리 없이 드리우면
맘씨 좋은 주인장이 피워 놓았나
유리창 너머 모닥불꽃 이글거리고

두근두근 들뜬 마음
불장난하던 어린 시절로 돌아가
모닥불 곁에 쪼그리고 앉았다

장작 타는 내음 코를 찌르고
나를 쫓아오는 모닥불 연기
손을 휘어이 저어 흩트려버렸다

어린 시절의 추억은 연기처럼 사라지고
쟈스민 향기 속에서 오가던 이야기
다시 이어지네

♡♡♡♡♡♡♡♡♡♡♡♡♡♡♡♡♡♡♡♡♡♡♡♡♡♡♡♡

연극이 끝난 후 무대의 불이 꺼지듯
어둠은 슬그머니 내려앉고
어느새 초승달이 서쪽 하늘에 걸려 있네

이제 돌아갈 때가 되었나
지나온 세월만큼이나 두껍게 쌓인
낙엽을 밟으며

● 경기도 남양주 청학리 산비탈에 있던 예쁜 찻집 '하이디하우스'를 방문하고, 그때 동행한 지인을 통해 주인장과 인사를 나누었다. 주인장은 연말 송년 파티를 할 예정이라며, 나에게 시낭송을 부탁하였다. 나는 졸시 '묵은해를 보내며'를 써서 낭송한 바 있다.

다시 찾은 광주에서

어디까지 왔나 봄소식이 궁금해서
짐보따리 하나 들고 남녘 길을 나섰네

빛고을 광주, 가까워질수록
푸릇푸릇 연녹색이 물들고
벌름벌름 봄 냄새가 풍기는 듯하고

푸른 군복을 입고
맨몸으로 땅과 맞대고 뒹굴던 곳
땀방울, 눈물방울, 핏방울이 스며들던 곳
그 후로도 3년 동안
이 땅의 공기를 숨 쉬며 살아갈 뻔했던 곳

나와의 인연은 거기까지였던가
거역할 수 없는 운명의 굴레 속에서
나는 빛고을 광주와 멀어져갔었지

다시 찾은 빛고을
강산이 네 번 바뀌어도
변함없이 자리를 지키고 있는 무등산
부드러운 능선

♡♡♡♡♡♡♡♡♡♡♡♡♡♡♡♡♡♡♡♡♡♡♡♡♡♡♡♡

가까이 갈수록 늠름한 그의 자태
어떠한 곤경에 처해도
어떠한 역경이 닥쳐와도
묵묵히 이 땅, 이 사람들을 지켜주던 산

무등산의 정기가 이 땅에 서려
빛고을이 되었는가

어느새 광주 터미널
열려진 버스 출입문으로
빛이 한가득 들어온다

● 광주는 내가 군대에 입대하여 사관후보생 시절 9개월을 보낸 곳이다. 임관하고 그곳에서 3년 더 복무할 예정이었으나 피치못할 사정으로 다른 곳으로 떠나게 되었다.

남사마을에서

꽥~ 꽥~
검은색 증기기관차는
슬픈 소리를 내며
나를 어디론가 데려가고 있었다

옆에는 아버지
일곱 살짜리 꼬마는
아버지 손만 꼬옥 붙잡고 있었다

그리고 한나절
기억은 끊어졌다 다시 이어져
물레방아가 나오고 돌담길이 나오고
커다란 솟을대문이 나오고

아는 사람 아무도 없는
아무도 놀아 주지 않는
그 마을에서 나는 혼자
돌담 밑에 솟아난
이름 모를 꽃들과
이야기하고 있었다

♡♡♡♡♡♡♡♡♡♡♡♡♡♡♡♡♡♡♡♡♡♡♡♡♡♡♡♡

내 유년 시절의 기억은
거기까지 남아 있는데

그리운 아버지
두류산 자락 고향 땅 양지바른 곳
할머니 계신 곳 바로 밑에
누우신 지도 벌써 17년째

아버진
편안하게 주무시고 계시겠지

🌢 남사마을은 선친의 고향이다. 교직에 계시던 선친은 젊은 시절 여름방학을 맞아 제자들과 지리산 여행을 떠났는데, 고향집에서 하루를 묵었다. 선친의 손에 이끌려 따라오게 된 7살짜리 꼬마는 선친 일행이 지리산 등반을 하는 동안 아는 사람 없는 그 마을에서 하루 하고도 반나절을 혼자 보냈었다.

경주 남산에서

성급한 마음에
봄을 마중하기 위해서
남도 여행을 나섰다

남도 땅
이곳저곳을 거쳐
마침내 이른 곳 경주 남산

경주 사람들
머리 위에 뜬 해
제일 가까이 있는 곳
천 년 넘게 잊혀져 있던 곳

천 년 세월
깊은 잠에 빠져 있다가
모닝콜 소리에 깜짝 놀라
꿈에서 깨어나 두리번거리듯이
경주 남산은 그렇게 다가왔다

하지만 산새는 기뻐하지 않는다
그때 그 산새가 아니기 때문인가
그때 그 영화를 모르기 때문이리라

♡♡♡♡♡♡♡♡♡♡♡♡♡♡♡♡♡♡♡♡♡♡♡♡♡♡♡♡

앉은뱅이 진달래도 기뻐하지 않는다
그때는 태어나지 않았기 때문인가

전설처럼 들리던 이야기
그게 어쨌다는 말씀
이랬을지 모르리라

천 살 넘은 아름드리 소나무도
별로 기쁜 기색 보이지 않는다
어린 시절 스쳐 지나간 장면들
무수한 발길 오고, 가고
무수한 치성이 올려지던 그 장면들
덩달아 우쭐했던 마음

어느 순간
거친 숨소리, 급한 말발굽 소리
깨지고, 부서지고, 사람들 비명소리
그때는 너무 어렸던 것일까
아니면 인간사 모든 일들이
자기와 상관없다는 듯
무심히 보아 넘겼던 것일까

♡♡♡♡♡♡♡♡♡♡♡♡♡♡♡♡♡♡♡♡♡♡♡♡♡♡♡♡

천 년 고도 경주
경주의 앞산 남산에서
천 년을 거슬러 올라가 본다
경주 남산에서 천 년 앞을 내어다본다

7번 국도에서

심술궂은 파도가
애꿎은 바위를 내리치고 있더이다

하늘에 구름은 가득한데
저 멀리 동해 바다 한가운데
동그랗게 햇살이 비추더이다

구름 사이
구멍이 뚫렸나 보오이다

고개를 왼쪽으로 돌리면
웅장한 태백산맥 연봉들이
하얀 모자를 덮어쓰고 있더이다

그 모자를 살짝 훔쳐다가
그대에게 씌워 드리고 싶더이다
내 마음과 함께

● 2009년 3월 초, 남녘 땅에 매화꽃이 피었다는 소식을 듣고 남도 여러 지방을 순회하는 봄맞이 여행을 떠났다. 그 여정을 담은 졸작 기행문 '매화를 찾아서' 속에 '다시 찾은 광주에서', '남사마을에서', '경주 남산에서', '7번 국도에서' 등의 시를 담았다.

하심

내 몸을 낮추니
시방세계 만물이
달리 보이네
앉은뱅이 들꽃이 정다워지고
꿈틀대는 지렁이도 이웃이 되고
발부리에 채이는 돌멩이조차 친구가 되네

내 마음을 낮추니
온 세상 사람들이
우러러보이네
얼굴 붉히며 다투었던 일
내 탓인 듯하고
그냥저냥 헤어진 인연 아쉬워지네

내 아집을 내려놓으니
얽히고설켰던 내 고민
저절로 풀어지고
내 안의 부처님
지그시
미소 지으시네

오대산에 바람이 부니

오대산에 언뜻번뜻 바람이 부니
월정사 전나무 숲 향기 싱그럽고
부처님 숨소리 들리는 듯하네

월정사에 언뜻번뜻 바람이 부니
적광전 황촛불이 일렁일렁 대고
본존불 입가에 미소 흐르네

상원사에 언뜻번뜻 바람이 부니
산까마귀 후드드드 날아오르고
수행자의 흐른 땀을 날려버리네

적멸보궁 사리탑에 바람이 부니
부처님 가피가 온 누리에 퍼지고
온 세상 만물이 고개 숙이네

● 위의 시 2수, '하심', '오대산에 바람이 부니'는 2010년 가을 원정사에서 약 한 달간 행자 체험을 할 때 느낀 감정을 시로 만들었다.

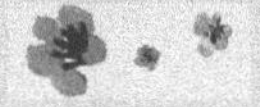

부록

💧 내가 그린 그림에 시를 지어 얹으니 시화가 되었다. 그 중 두 작품의 기록을 남긴다.

춘 매

영담 정새교

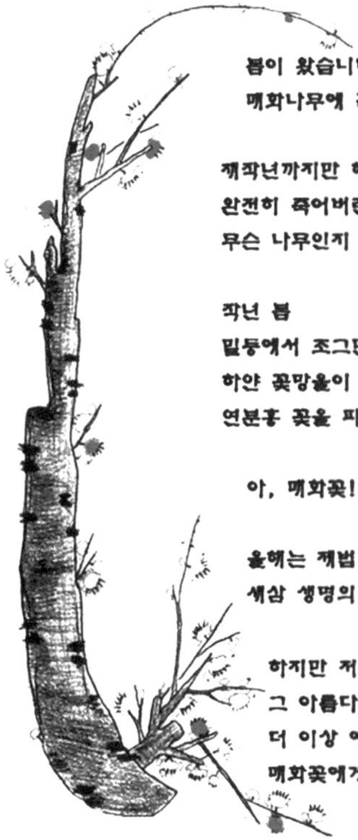

봄이 왔습니다.
매화나무에 꽃이 피었습니다.

재작년까지만 해도 아무런 기척이 없던
완전히 죽어버린 나무인 줄 알았습니다.
무슨 나무인지 이름도 몰랐습니다.

작년 봄
밑동에서 조그만 가지 서너 개가 뻗어나오고
하얀 꽃망울이 예닐곱 개 나오더니
연분홍 꽃을 피웠습니다.

아, 매화꽃!!!

올해는 제법 많은 매화꽃이 선을 보였습니다.
새삼 생명의 끈질김을 느낄 수 있었습니다.

하지만 저의 빈약한 재주로는
그 아름다운 매화꽃을
더 이상 예쁘게 표현하지 못하겠습니다.
매화꽃에게 미안함을 전합니다.

소나무에 걸린 보름달

영담 정세교

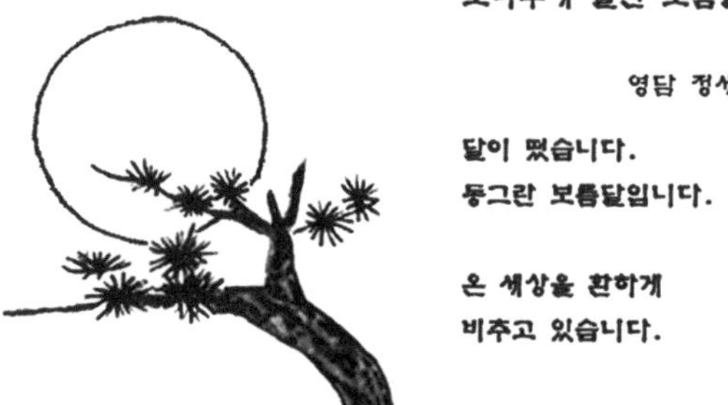

달이 떴습니다.
둥그란 보름달입니다.

온 세상을 환하게
비추고 있습니다.

소나무가 있습니다.
아주 늙은 소나무입니다.

소나무는 너무 늙어서 가까운 곳에 이야기 나눌 친구가 없습니다.
한 달에 한번씩 지나가는 보름달만이 그나마 말을 건네 줍니다.

오늘 소나무는 그 보름달 친구를 보내기 싫은가 봅니다.
이번에 지나가면 또 한 달을 기다려야 하니까요.

소나무는 작은 가지 사이에 보름달을 가두어 놓고 부탁했습니다.
제발, 제발 가지 말라고....

하지만 보름달은 냉정하게 말했습니다.
떠나는 것이 자기의 운명이라고....

소나무는 무척 슬펐지만 친구를 보내 주기로 했습니다.
한 달만 기다리면 그 친구가 다시 오리라 생각하고
웃으며 보내 주기로 하였답니다.

● 나의 시 가운데 일부는 선율을 입혀 노래로 만들었다. 그 중 두 곡의 기록을 남긴다.

연 지

정세교 작사
정세교 작곡

작품 해설

삶의 계절을 건너며 피어나는 기다림

『봄을 기다리며 : 삶의 모든 계절을 지나』를 읽고

이 시선집의 시인 정세교는 이미 두 권의 시집을 포함하여, 수필집, 소설집 등 여러 권의 책을 발간한 중견작가이다. 시집으로는 2009년 첫 번째 시집 **『아침 오는 소리』**와 2011년 두 번째 시집 **『소중한 것』**을 발간하였다. 이후 지은 시들을 모아 15년 만에 세 번째 시집을 발간하게 되었다. 이 시집에는 앞서 발표한 시들 중 대표적인 것들을 포함하고 있어 정세교 시의 집대성이라 할 수 있다.

정세교의 시는 화려한 수사나 난해한 상징에 기대지 않는다. 그의 시는 우리가 일상에서 사용하는 언어를 적절하게 사용하여 읽는 순간 곧바로 의미가 전해진다. 그러나 그 단순함 속에는 오랜 시간과 체험에서 우러난 깊이가 깃들어 있다. 이번 시선집 『봄을 기다리며 - 삶의 모든 계절을 지나』는 그러한 시 세계를 한 권으로 정리한 책이다.

이 시집을 관통하는 가장 큰 주제는 **'계절'**이다. 사랑, 인생, 계절, 꽃, 여행에 이르기까지 모든 시는 시간의 흐름 위에 놓여 있다. 그러나 여기서 계절은 단순한 자연의 변화가 아니라 삶의 은유이다. 봄은 희망이지만 이미 도착한 봄이 아니라 '기다리는 봄'이다. 이 기다림은 조급함이 아니라, 지나온 시간을 인정하고 다음 시간을 맞이하려는 성숙한 태도에 가깝다.

제1부의 사랑시의 특징은 격정적이라기보다 차분하다. 사랑은 설렘과 동시에 그리움을 동반하고, 이별은 절망이 아니라 삶의 일부로 받아들여진다. 감정은 과장되지 않고, 대신 오래 남는 여운으로 다가온다.

제2부에서는 인생에 대한 직접적인 성찰이 드러난다. **'자화상'**, **'나의 그림자'**와 같은 시들은 자기 자신을 돌아보는 시인의 태도를 보여준다. 이때의 시선은 냉소적이거나 비관적이지 않다. 오히려 삶을 있는 그대로 받아들이며 그 안에서 의미를 찾으려는 따뜻한 시선을 읽을 수 있다.

제3부와 제4부에서 계절과 꽃은 더욱 상징적인 의미를 지닌다. 계절의 뒤바뀜은 시간의 흐름과 삶의 유한성을 떠올리게 하고, 꽃은 피고 지는 존재로서 인간의 삶을 닮아있다. 그러나 이 시집은 사라짐을 슬픔으로만 그리지 않는다. 지나가는 계절은 다음 계절을 준비하는 시간으로 받아들여진다.

제5부의 여행 시들은 시적 공간을 넓혀 준다. 산과 강, 마을과 길 위에서 시인은 외부의 풍경을 바라보면서 동시에 자신의 내면을 들여다본다. 풍경은 단순한 배경이 아니라 사유의 매개가 된다.

정세교의 시가 지닌 가장 큰 특징은 **'정직함'**이다. 그는 어렵게 말하지 않는다. 상징을 숨기기보다 드러내고, 감정을 꾸미기보다 그대로 옮긴다. 그래서 그의 시는 해석의 어려움 대신 공감의 여지를 남긴다. 모든 사람에게 강한 충격을 주기보다는, 한 사람의 마음에 오래 머무르는 시를 지향한다.

이번 시선집에는 시만 담겨 있지 않다. 부록에 실린 시화와 창작곡 악보는 그의 예술 세계가 문학 장르에만 머무르지 않음을 보여준다. 음악과 그림 역시 삶을 표현하는 또 다른 언어이며, 시와 함께 하나의 흐름을 이룬다. 서로 다른 장르이지만 그 근원에는 같은 정서와 사유가 자리하고 있다. 이는 정세교가 추구해 온 예술의 확장된 모습이라 할 수 있다.

『봄을 기다리며』는 마침표를 찍는 책이 아니다. 지나온 계절을 돌아보되, 아직 오지 않은 계절을 향해 시선을 두는 책이다. 기다림 속에서 삶은 다시 피어나고, 그 기다림이 곧 시가 된다. 이 시선집은 그러한 시간을 담담히 건너온 한 시인의 기록이라 할 수 있다.